AF450776

LE PRINCE ET LES LIONS

POITIERS. — IMPRIMERIE OUDIN ET Cie.

Le prince vit un lion de grande taille.

BIBLIOTHÈQUE ILLUSTRÉE DE VULGARISATION

LE
PRINCE ET LES LIONS

PAR

HANNEDOUCHE

Illustrations de GIL BAER

PARIS

LECÈNE, OUDIN ET Cie, ÉDITEURS

17, RUE BONAPARTE, 17

1893

LE PRINCE ET LES LIONS

Dans une grande ville de l'Est vivait un jeune prince nommé Azgid. Il était bien aimé de tout le monde pour ses vertus, son intelligence et ses connaissances ; mais, malheureusement, il était d'un naturel un peu craintif : c'était son seul défaut. Son père était mort, et il venait d'arriver à l'âge de monter sur le trône. Le jour de la cérémonie avait été fixé, et le jeune homme l'attendait avec impatience.

Quelques jours avant, le vieux vizir vint le trouver, et l'emmena sur une montagne, à quelque distance de la ville. Au sommet, se trouvait une petite maison. Un esclave noir en sortit, salua humblement les visiteurs, et, passant devant eux, les conduisit vers une sorte d'arène creusée dans le sol, et qu'entouraient des murs de marbre blanc. Il prit alors une clef, et ouvrit une porte de bronze. Le prince s'approcha, et, regardant dans le fond, vit un lion roux de grande taille, et d'un air terrible. Il se demandait ce que cela voulait dire, et regarda avec étonnement le vizir, qui, ayant renvoyé l'esclave, lui dit :

« Mon enfant, vous allez bientôt monter sur le trône. Mais, auparavant, il faut remplir une condition établie depuis des siècles, et à laquelle votre père et tous vos ancêtres se sont soumis. En un mot, il faut descendre dans cette arène avec un poignard, et combattre ce lion. C'est une épreuve destinée à faire connaître votre courage, et à montrer si vous êtes vraiment digne de ré-gner. »

Le jeune homme, à ces mots, pâlit, et faillit s'évanouir : « C'est une tâche difficile, dit-il. N'y a-t-il pas moyen d'y échapper ? — Il n'y en a point. — Ne puis-je pas au moins avoir quelques jours pour réfléchir, et me préparer au combat ? — Certainement », répondit le vizir, qui ordonna à l'esclave de refermer la porte, et reconduisit le jeune prince au palais.

Désormais, l'existence n'eut plus de plaisirs pour le malheureux Azgid. L'horrible combat qu'il devait livrer était toujours présent à son esprit. Il ne put ni manger, ni boire ; il errait continuellement dans son palais, comme un fou, ou bien restait assis, la tête cachée dans ses mains, sans parler à personne. La nuit même, il ne put être calme. Le sommeil le fuyait, et il se retourna impatiemment dans son lit, attendant le retour de la lumière. Mais, pendant ces longues heures d'insomnie, il avait réfléchi à ce qu'il devait faire. Il résolut enfin d'échapper à son triste sort en quittant sa patrie, et en allant chercher la paix et la sécurité dans quelque pays éloigné.

Aussitôt que le jour reparut, il s'habilla à la hâte, courut à l'écurie, sauta sur un bon cheval, et fut vite loin de la ville. Le troisième jour, il arriva dans un pays très agréable à voir, tout plein de forêts et de prairies. Il entendit alors les sons d'une musique délicieuse et ne tarda pas à rencontrer un beau jeune homme de

Il racontra un beau jeune homme de son âge.

son âge qui gardait des brebis en jouant de la flûte.

Le berger, en le voyant, cessa de jouer, et le salua très poliment; mais Azgid le pria de continuer, l'assurant qu'il aimait fort la musique, et qu'il n'en avait jamais entendu d'aussi belle. Le jeune homme sourit de ce compliment, et, après avoir joué quelques airs, apprit au prince qu'il était esclave d'un riche berger nommé Oaxus, qui vivait tout près de là, et serait charmé de lui donner l'hospitalité. Quelques instants après, ils atteignirent la demeure d'Oaxus, qui reçut très bien l'étranger, et fit placer devant lui un magnifique repas. Quand Azgid eut fini de manger, il crut devoir dire à son hôte qui il était : « Mon ami, dit-il, vous vous étonnerez, sans doute, qu'un étranger comme moi vienne vous visiter aussi soudainement, et vous devez vous demander qui je suis. Je puis vous le dire en partie. Qu'il vous suffise de savoir que je suis un prince, que des malheurs ont forcé de quitter sa patrie. Je ne puis dire mon nom. C'est un secret que tout le monde doit ignorer. Si vous pouvez me le permettre, j'aimerais beaucoup à rester dans ce charmant endroit. J'ai le moyen de vous récompenser pour tout l'embarras que je puis vous donner. »

Oaxus répondit avec la plus grande bonté, priant le jeune homme de ne pas parler de paiement, car la compagnie d'un prince le paierait suffisamment de toute la peine que pourrait lui donner son séjour, et rien ne lui serait plus agréable que de le voir rester là jusqu'à la fin de ses jours.

« Allons, Asdril, ajoute-t-il en s'adressant au musicien, emmenez le prince, et montrez-lui ce qui vaut la peine d'être vu dans le voisinage, pour qu'il puisse apprécier la beauté de nos cascades, des fontaines, des rochers et des vallées. »

Le jeune homme obéit et conduisit le prince. Ils errèrent sur la pente des collines, dans les profondes vallées et à travers d'admirables prairies. Tantôt ils s'arrêtaient sur les bords d'un ruisseau au doux murmure, tantôt ils admiraient une cascade romantique dont les eaux écumantes se précipitaient du haut de rochers couverts de mousse. Puis ils entrèrent dans une vallée ombreuse, s'assirent sur un rocher, et le berger commença à jouer de la flûte, tandis que le prince l'écoutait avec délice. Il n'avait jamais entendu personne qui lui plût davantage, et il était résolu, si jamais

il quittait Oaxus, à lui acheter cet
esclave et à en faire son compagnon.
C'est ainsi qu'il jouissait à son aise
de la beauté du paysage, et se félici-
tait d'avoir échappé au malheur et
atteint un endroit où il pourrait vivre
à jamais dans la paix et la tranquil-
lité. Mais sa joie ne devait pas être
de longue durée, car, tout à coup, le
jeune Asdril se leva, et le prenant
par la main, lui dit qu'il était temps
de partir.

« Pourquoi, demanda le prince,
nous faut-il quitter si tôt ces lieux en-
chanteurs? — Hélas ! répondit le berger, tout le pays est rempli de lions.
Ils arrivent tous les jours à la même
heure, et nous sommes obligés de
rentrer à la maison et de fermer les
portes. Voyez, ajouta-t-il en relevant
sa manche, et en montrant une large
cicatrice sur son bras, voici ce que

j'ai reçu dans une rencontre avec ces bêtes féroces. Je m'étais attardé un soir, et c'est à grand'peine que j'ai pu m'échapper. Ne perdons pas de temps, rentrons tout de suite. »

A ces mots, le prince devint pâle, mais ne dit rien, et ils s'en retournèrent silencieusement.

En arrivant à la porte, Azgid demanda son cheval, monta, et, remerciant son hôte de ses bontés, lui dit qu'il allait partir : « Adieu, Oaxus, dit-il. Adieu, jeune Asdril. Je croyais rester toujours ici, mais mon destin s'y oppose. Je dois chercher un autre séjour. » Il éperonna son cheval, et partit au galop.

Il continua son voyage, et ne tarda pas à quitter ce beau pays. Il arriva dans une contrée stérile, sans arbres, sans verdure. Bientôt il se trouvait au milieu d'un désert. Une vaste plaine s'étendait devant lui à perte de vue. Il ne voyait pas un buisson, pas un brin d'herbe ; seules des collines de sable entassées par le vent s'offraient à sa vue, et son cheval pouvait à peine poursuivre sa course. Le soleil le brûlait de ses rayons, et c'est avec une vive satisfaction que, le troisième jour, il aperçut au loin un grand nombre de tentes noires qu'il reconnut pour un campement d'Arabes.

A son approche, une troupe de guerriers arrivèrent à sa rencontre, montés sur des chevaux superbes, et brandissant leurs lances, comme ils font quand ils reçoivent un étranger. Ils semblèrent satisfaits de l'apparence d'Azgid, lui témoignèrent beaucoup de respect et le conduisirent devant leur chef.

Celui-ci était un homme d'un âge

Des guerriers arrivèrent à sa rencontre.

déjà avancé, appelé Sheik-Hadjar. Il fumait, accroupi devant sa tente. Il se leva devant le jeune homme, le salua cordialement, le fit entrer dans sa tente, et lui fit servir un repas. Après avoir mangé, le prince crut devoir lui apprendre qui il était :

« Mon ami, dit-il, vous vous étonnez sans doute qu'un étranger comme moi vienne vous visiter aussi soudainement, et vous devez vous demander qui je suis. Je puis vous le dire en partie. Qu'il vous suffise de savoir que je suis un prince que des malheurs ont forcé de quitter sa patrie. Je ne puis vous dire mon nom. C'est un secret que tout le monde doit ignorer. Si vous pouvez me le permettre, j'aimerais beaucoup à rester ici. J'ai le moyen de vous récompenser pour tout l'embarras que je puis vous donner. »

Le sheik répondit que la compagnie d'un prince suffisait à le payer, et qu'il serait content de l'avoir toujours pour hôte. Il le présenta à ses amis, et, sortant avec lui, lui fit cadeau d'un superbe cheval de grande valeur. Azgid pensa qu'il n'avait jamais vu un aussi bel animal, et, en le montant, le trouva si doux et si docile que c'est à peine s'il était besoin de le diriger, tant l'intelligente créature savait devancer la volonté de son maître. « Venez, dit le sheik, il est temps de partir. Aujourd'hui, nous chassons l'antilope, et vous viendrez avec nous. »

Le prince consentit volontiers, et ils partirent à la poursuite du gibier. Ils ne tardèrent pas à en rencontrer une bande, et la chasse commença. Les javelots volaient, et l'air retentissait de cris. Le prince, charmé

de cet amusement, pensait : « C'est
une vie heureuse que celle de ces
enfants du désert ; je ne les quitterai
jamais. »

La chasse dura toute la journée,
et, au coucher du soleil, ils rentrèrent
avec la dépouille d'au moins une dou-
zaine d'antilopes. Presque tous les
jours, ces amusements recommen-
çaient, et Azgid aimait fort cette ma-
nière de passer le temps. Une semaine
se passa ainsi. Un soir, il venait de
rentrer dans sa tente, quand Sheik-
Hadjar s'approche tranquillement de
sa couche, et lui dit :

« Mon fils, je suis venu pour vous
dire combien mon peuple est content
de vous, et du courage que vous mon-
trez à la chasse. Mais ce plaisir ne
remplit pas toute notre vie ; nous
avons avec les tribus voisines des
guerres fréquentes, où le plus grand

courage est nécessaire. Mes hommes sont tous des guerriers éprouvés, et, pour avoir confiance en vous comme camarade, ils veulent être témoins d'une de vos prouesses. Dans les collines, à deux lieues au sud d'ici, il y a beaucoup de lions. Demain, levez-vous de bon matin, montez à cheval, prenez votre épée et votre lance, tuez une de ces bêtes sauvages, et apportez-nous sa peau. Alors, nous serons sûrs de votre courage, et nous aurons confiance en vous le jour de la bataille. »

Puis le sheik lui souhaita une bonne nuit et se retira. Ses paroles avaient troublé Azgid. « Ah ! voici encore les lions, s'écria-t-il. Partout où je vais, je les rencontre. Je croyais avoir enfin trouvé une demeure tranquille ; mais je me suis trompé : ce n'est pas l'endroit qu'il me faut. » Il

se leva, sortit et courut près du cheval que le sheik lui avait donné.
« Adieu, mon beau cheval, dit-il. Il
faut que je te quitte. » Puis il l'em-
brassa, sauta sur son propre cheval,
et s'éloigna.

Il allait au hasard à travers le
désert, à la lueur des étoiles. Enfin
l'aurore parut, et bientôt sa tête reçut
les ardents rayons du soleil. Vers
midi, il vit avec plaisir qu'il quittait
le désert, et, assez tard dans l'après-
midi, il atteignit un charmant pays
de collines et de vallées, de prairies
et de ruisseaux, et ne tarda pas à
arriver devant un riche palais, l'un
des plus beaux, certainement, qu'il
eût jamais vus.

Il était bâti en porphyre et se trouvait au milieu d'un immense jardin
où croissaient toutes les plantes et
toutes les fleurs qui pouvaient plaire

à la vue, et toutes sortes d'arbres chargés de fruits délicieux. Dans les allées se dressaient des statues magnifiques, d'où sortaient souvent des sources dont les eaux tombaient dans de vastes bassins peuplés de poissons et de cygnes. Des paons et d'autres oiseaux superbes erraient sur les pelouses. Enfin Azgid atteignit le portique, orné de douze colonnes de jaspe.

Le maître du palais, qui était un émir très riche, était assis sous ce portique, avec sa fille, la blonde Périzide. A la vue de l'étranger, il se leva, et lui souhaita la bienvenue. Puis, il le présenta à sa fille, et le conduisit à l'intérieur du palais. Azgid regardait autour de lui, tout émerveillé. Les appartements étaient vastes et tout brillants d'or ; les murs et les plafonds couverts des plus

exquises peintures ; des vases pré-
cieux, des statues et toutes sortes
de curiosités rares abondaient ; les
fenêtres étaient garnies d'éclatants
vitraux.

L'émir lui offrit ensuite une colla-
tion composée des viandes, des
fruits et des vins les plus délicieux.
Quand il eut fini de manger, le prince
crut devoir dire à son hôte qui il
était.

« Seigneur, dit-il, vous vous étonnez
sans doute qu'un étranger comme
moi vienne vous visiter aussi soudainement, et vous devez vous demander qui je suis. Je puis vous le dire
en partie. Qu'il vous suffise de savoir
que je suis un prince que des malheurs ont forcé de quitter sa patrie.
Je ne puis vous dire mon nom. C'est
un secret que tout le monde doit
ignorer. Si vous pouvez me le per-

mettre, j'aimerais beaucoup à rester ici. Quelque jour, si la fortune me redevient favorable, je serai heureux de m'acquitter envers vous. »

L'émir lui répondit avec bonté que sa visite était pour lui un grand honneur, et qu'il pouvait rester là jusqu'à la fin de ses jours. « J'attends, ajouta-t-il, quelques amis ce soir, et je vous prie de m'excuser pendant que j'irai tout préparer pour le banquet. »

Il se retira, et Azgid fut laissé seul avec la charmante Périzide, dont la beauté le frappa plus que jamais. En un mot, il sentit naître en lui une forte inclination pour la jeune fille, qui de son côté ne sembla pas insensible à ses mérites. Elle le conduisit dans le jardin, dont elle lui fit admirer toutes les beautés. Ils parcoururent ensemble les allées ombragées, s'assirent ensemble au bord des fontaines, et sous les arbres, à travers les branches desquels commençaient à passer les rayons de la lune.

Puis ils retournèrent au palais, dont la façade était illuminée. L'intérieur était éclairé par des centaines de lustres, et rempli d'hôtes superbement habillés. Les esclaves servirent un souper splendide et délicieux qui dura plusieurs heures. Quand il fut terminé, des danseuses richement parées entrèrent dans la salle, et charmèrent les hôtes de leurs gracieux mouvements. Azgid, voyant un luth près de lui, le ramassa, et pria Périzide d'en jouer un air. Elle y consentit, et le prince l'écoutait avec délice, lorsqu'il entendit soudain un bruit étrange : « Qu'est cela ? dit-il.

— Je n'ai rien entendu, répondit sa compagne. C'est sans doute votre imagination qui vous trompe. ».

Et elle continua de jouer ; mais, quelques minutes après, le prince tressaillit de nouveau. « Encore ce bruit ! dit-il. Ne l'avez-vous pas entendu ? — Je n'ai rien entendu, répondit Périzide, que les sons de la musique, et les voix de nos hôtes. » Et elle reprit son luth, mais elle n'avait pas joué longtemps, quand son hôte s'écria encore une fois : « Ne me dites pas maintenant que c'est une erreur de mon imagination ! Je l'ai entendu bien distinctement. Expliquez-moi, je vous prie, ce que cela signifie. — Oh ! dit la jeune fille en riant ; c'est Boulak, notre portier noir. Parfois, il s'endort, et souvent il bâille : c'est ce qui produit ce son. — Grand Dieu ! s'écria Azgid, quels poumons il a pour bâiller aussi fort ! »

La princesse ne répondit que par

C'est Boulak, notre portier noir.

un sourire, et continua de jouer.
Quand les hôtes furent partis, elle se
retira aussi, laissant le prince avec
l'émir. Quand ils eurent encore passé
une heure ensemble, l'émir se leva
pour conduire son hôte dans sa chambre. Ils arrivèrent bientôt à un escalier de marbre blanc garni de magnifiques balustrades. Azgid leva les yeux
pour l'admirer. Quelle ne fut pas sa
frayeur, quand il aperçut un énorme
lion noir couché au sommet de l'escalier. Il tremblait, et pâlissait. « Qu'est
cela ? demanda-t-il. — Oh ! dit l'émir,
c'est Boulak, notre portier noir. Il
est apprivoisé, et ne vous touchera
pas si vous n'avez pas peur ; mais
quand on a peur de lui, il le devine,
et devient féroce. — J'ai peur. — Il
faut se guérir de cette peur, dit l'é-
mir, et alors il n'y a pas de danger
C'est plus facile à dire qu'à faire. Je.

préfère dormir quelque part où je serai en sûreté. — Comme vous voudrez, répondit l'émir. Retournez au salon, vous vous coucherez sur un des divans. »

Le prince suivit ce conseil, et ferma soigneusement la porte et les fenêtres. Il se coucha sur les coussins, et prêta quelque temps l'oreille ; mais un silence profond régnait dans toute la maison. Il allait enfin s'endormir, quand, au bout d'une heure, il entendit un léger bruit de pas dans l'escalier. C'était le lion. Azgid l'entendit s'éloigner dans le corridor, et respirait déjà, quand il entendit la terrible bête revenir de son côté, reniflant de temps à autre, comme un chien sur une piste. Enfin, le lion arriva à la porte du salon, renifla et tout à coup se précipita dessus de toute sa force, si bien qu'il l'enfonça presque, en poussant un rugissement terrible qui retentit par tout le palais.

Azgid se leva tout effrayé, et s'enfuit à l'autre bout de la chambre, les cheveux se dressant sur sa tête, le corps couvert d'une sueur froide. Il croyait que le lion allait entrer et le dévorer; mais il n'en fut rien, car, un instant après, l'animal s'en retourna par l'escalier, et on ne l'entendit plus.

Le prince se recoucha, mais ne put dormir. Il se rappela tout ce qui lui était arrivé depuis son départ, et, pensant que la Providence ne le poursuivait pas ainsi sans dessein, il résolut de retourner chez lui, et d'obéir à la loi en combattant le lion. Quand l'émir vint le trouver le lendemain matin, il le trouva tout en pleurs.

« — Mon fils, dit-il, votre conduite d'hier soir m'a fort étonné, et je suis peiné de vous voir aussi malheureux. Qu'y a-t-il ? Dites-moi tout, ne me cachez rien. Avouez-moi franchement qui vous êtes ?

« — Je suis, répondit Azgid, un malheureux qui a fui son devoir. Je suis Azgid, fils du rói Almamoun. J'ai fui le devoir que la Providence m'imposait, mais mon péché m'a poursuivi. En vain, j'ai cherché la paix et le repos ; je n'ai trouvé partout qu'ennuis et désastres. Maintenant, je me repens, et je vais aller essayer de réparer ma faute.

« — Je connaissais votre père, dit l'émir, et je crois savoir de quoi il s'agit. Allez, mon fils, et puisse le Ciel vous donner la force d'accomplir votre résolution ! Je dirai à ma fille la cause de votre départ, et soyez sûr que son estime pour vous en sera augmentée. »

Alors, les deux amis se séparèrent. Azgid reprit le chemin par où il était venu, et, le deuxième jour, arriva au campement des Arabes. Sheik-Hadjar fumait assis à la porte de sa tente, et, surpris de le voir, le pria d'entrer pour se reposer. Le prince refusa, disant qu'il était venu seulement pour expliquer son départ précipité :

« — Je suis Azgid, fils du roi Almamoun, dit-il. Quand je vous ai visité, je fuyais mon devoir. Maintenant, je m'en retourne réparer mon erreur, et commencer une vie nouvelle. Mais dites-moi, comment se porte ce beau cheval que je montais avec tant de plaisir ? — Très bien. Je voudrais vous voir rester, mais j'aurais tort d'interrompre votre voyage. Allez, mon fils, que le Ciel vous aide et que la paix soit avec vous. »

Ils se dirent adieu, et le prince continua sa route. Quelques jours après , il atteignait la demeure d'Oaxus, qu'il trouva occupé à soigner ses brebis et ses chèvres, et qui le pria d'entrer. Azgid refusa, et lui expliqua qui il était comme à Sheik-Hadjar. Oaxus, étonné, le félicita vivement : « Allez, mon ami, dit-il ; que le Ciel vous aide et vous donne la force d'accomplir votre dessein !

— Adieu, répondit Azgid ; dites à Asdril que, si je réussis, j'espère revenir un jour écouter sa musique, malgré les lions. »

Il partit, et ne tarda pas à arriver à sa ville natale. Il courut au palais, et fit appeler le vizir, à qui il raconta tout ce qui lui était arrivé, et tout ce qu'il comptait faire.

« — Conduisez-moi au lion, dit-il, je veux faire mon devoir. »

Le vieillard l'écouta avec joie, mais lui conseilla d'attendre au moins une semaine, avant cette épreuve, pour se reposer de son voyage. Azgid y consentit volontiers.

Quand le jour fixé fut venu, il se leva de grand matin, revêtit des habits très légers, mit un poignard à sa ceinture, prit sa lance à la main, et partit vers la montagne avec le vizir. L'esclave les conduisit, et ouvrit la porte. Le jeune homme regarda, vit le lion accroupi à un bout de l'arène, serra la main de ses compagnons, se recommanda au Ciel, et sauta dans l'arène. La bête féroce poussa un terrible rugissement, et s'avança lentement vers lui, le dévorant des yeux. Azgid le regarda fixement, et s'avança vers elle, la lance à la main. Le lion rugit de nouveau, bondit par-dessus la tête du prince, puis revint, et se mit à lui lécher les mains et à se frotter contre lui.

Le vizir appela alors Azgid et le fit sortir de l'arène avec l'aide de l'esclave, tandis que le lion les suivait comme un chien.

« — Le lion, dit-il, est apprivoisé, mais vous l'ignoriez. Vous avez montré votre courage, vous êtes digne de régner. »

Quand ils atteignirent la plate-forme, ils trouvèrent Oaxus et Asdril qui les attendaient.

« — Je suis venu vous féliciter, dit Oaxus, et je vous fais cadeau du jeune Asdril, dont la musique vous a tant plu.

— Oaxus, dit le prince, je vous remercie. Quant à vous, Asdril, je

Il bondit par dessus la tête du prince

vous affranchis et vous serez mon compagnon. »

Ils descendirent la montagne, et, à mi-côte, rencontrèrent Sheik-Hadjar, accompagné de quelques Arabes, et conduisant le cheval que le prince aimait tant.

« — Azgid, dit-il, je suis venu vous féliciter de votre succès. Je vous amène en présent le cheval que vous aimiez tant : voulez-vous l'accepter en souvenir de moi ? — Vaillant sheik, répondit le prince, je me réjouis de vous revoir, et j'accepte avec bonheur votre présent : vous n'auriez pu m'en faire de plus agréable. »

Au pied de la montagne , ils trouvèrent l'émir , entouré de ses gardes :

« — Azgid , dit-il, je suis venu vous féliciter de votre succès. Je ne vous apporte pas de présents : moi-même et tout ce que j'ai vous appartient.

« — Noble émir, dit le prince, je me réjouis de vous voir : mais dites-moi, où est Périzide? Aussitôt couronné, je m'empresserai de l'aller trouver.

« — C'est inutile, dit l'émir, venez avec moi. »

Et il conduisit le prince près d'un magnifique cheval blanc, sur lequel était montée une jeune fille voilée. Il leva le voile, et Azgid aperçut sa bien-aimée.

« — C'est étrange, dit-il : tant que j'ai fui mon devoir, tout tournait mal pour moi; et, depuis que je l'ai rempli, je trouve à chaque pas un nouveau bonheur! »

Azgid fut couronné le même jour, et, le soir, épousa la belle Périzide, avec laquelle il vécut longtemps heureux. Il fit inscrire son histoire dans les annales du royaume, et fit graver en lettres d'or, sur la porte de son palais, ces mots:

Ne fuyez jamais le lion.

LES

BABOUCHES D'ABOU-CASSEM

LES

BABOUCHES D'ABOU-CASSEM

—

A Bagdad, il y avait un vieux marchand appelé Abou-Cassem, qui était fameux par ses richesses, mais encore plus par son avarice. Son coffre-fort était tout petit et très sale, mais rempli de joyaux. Ses habits étaient aussi misérables et déchirés que possible, et très malpropres. Son turban était fait d'une sorte de toile à voile très solide, mais dont la couleur primitive avait complètement disparu.

Mais c'était surtout par ses pan

toufles qu'il se faisait remarquer. Les semelles de ces babouches n'étaient guère qu'une réunion de gros clous, et le dessus était fait de toutes sortes de choses. Pendant les dix ans que les babouches lui avaient servi de souliers, les savetiers les plus adroits avaient épuisé leur habileté à les empêcher de s'en aller en morceaux. Les matériaux y avaient été tellement accumulés et leur poids était devenu si grand que les pauvres chaussures étaient passées en proverbe, et qu'on disait par toute la ville : « *Lourd comme les babouches d'Abou-Cassem* ».

Un jour que notre homme passait sur la place du marché, on lui offrit de lui vendre une grande quantité de bouteilles, et, comme elles étaient à très bas prix, il les acheta. Le vendeur l'informa en outre qu'un parfumeur, qui venait de faire banque-

Abou-Cassem était très avare.

route, offrait à très bon marché une grande quantité d'eau de rose.

Abou-Cassem, tout joyeux de cette nouvelle, courut à la boutique du parfumeur, et acheta toute l'eau de rose à moitié prix. Il l'emporta chez lui, et la mit dans les bouteilles qu'il venait d'acheter. Puis, tout réjoui d'avoir fait de si bonnes affaires ce jour-là, notre héros, au lieu de faire un festin, suivant la coutume du pays, résolut d'aller prendre un bain, ce qu'il n'avait pas fait depuis long-temps.

Pendant qu'il se déshabillait, un de ses amis lui fit remarquer que tout le monde se moquait de ses babouches, et qu'il était grand temps d'en acheter de neuves. « A dire vrai, répondit Abou-Cassem, il y a long-temps que je pense à le faire, mais elles ne sont pas encore si usées :

elles peuvent encore durer quelque temps. » Et il entra dans la salle de bains.

Pendant qu'il y était, le cadi de Bagdad y vint aussi. Peu après, Abou-Cassem sortit, et, après s'être rhabillé, chercha ses pantoufles, mais ne put les trouver nulle part. A leur place, il en trouva une paire toute neuve, et très jolie. Convaincu que c'était un don de son ami, il s'empressa d'y mettre ses pieds, et s'en retourna, tout joyeux et presque propre.

Mais voilà que, quand le cadi sortit, ses esclaves cherchèrent en vain ses pantoufles, et ne purent les trouver. A leur place, on découvrit, dans un coin, les horribles chaussures d'Abou-Cassem, qui étaient trop bien connues pour qu'on pût douter comment les babouches du cadi avaient disparu. Les esclaves allèrent aussitôt trouver le malheureux marchand, et l'amenèrent devant le magistrat irrité, qui, sourd à ses excuses, l'envoya en prison. Or, à Bagdad, la justice ne lâche pas volontiers ce qu'elle a pris, et Abou-Cassem, qu'on savait être aussi riche qu'avare, paya sa liberté plus cher que l'eau de rose.

Le pauvre homme s'en retourna, s'arrachant la barbe, car la barbe ne coûte pas cher ; et, furieux contre ses babouches, il les prit et les jeta par la fenêtre dans le Tigre.

Quelques jours après, des pêcheurs qui jetaient leurs filets sous sa fenêtre sentirent qu'il s'y était pris quelque chose de très lourd. Ils étaient déjà contents de leur prise, quand, en relevant leurs filets, ils virent.... quoi ? — Les babouches d'Abou-Cassem, qu'ils connaissaient bien. Furieux, ils les jetèrent dans la fenêtre du marchand, qu'ils injuriaient, l'accusant de leur mésaventure. Malheureux Abou-Cassem !

Les babouches tombèrent dans sa chambre, juste au milieu des bouteilles, qu'il avait soigneusement rangées sur une planche, et, les renversant, remplirent la chambre d'eau de rose et de morceaux de verre cassé. Figurez-vous le désespoir de l'avare ! Tout en larmes, et déchirant sa barbe, suivant son habitude, il s'écria : « *Maudites babouches, ne finirez-vous donc jamais de me persécuter ?* » Alors, il prit une bêche, et s'en alla dans son jardin pour les enterrer. Mais, à ce moment-là, un voisin était à sa fenêtre. Il vit Abou-Cassem creuser la terre dans son jardin. Aussitôt, il courut trouver le cadi, et lui annonça que le marchand avait trouvé un trésor. On alla chercher Abou-Cassem. En vain, il répéta qu'il ne faisait qu'enterrer les babouches, et jura qu'il n'avait pas trouvé de trésor ; le cadi ne l'écoutait pas, et réclamait toujours le trésor. Abou-Cassem, pour avoir la paix, finit par donner au cadi la somme qu'il lui demandait, et s'en alla, maudissant plus que jamais ses babouches.

Déterminé à s'en débarrasser, notre héros s'en alla à quelque distance hors de la ville, et les jeta dans un réservoir, espérant qu'il n'en entendrait plus parler désormais. Mais les pantoufles allèrent tomber précisément à l'entrée du conduit. De là, le courant les emporta dans la ville, et elles s'arrêtèrent à l'entrée de l'aqueduc, qu'elles bouchèrent, empêchant l'eau de couler dans les tuyaux. Les inspecteurs des fontaines de Bagdad, voyant que l'eau ne venait plus,

cherchèrent aussitôt ce qui l'empê-
chait de couler, et ne tardèrent pas
à découvrir les babouches, qu'ils
portèrent au cadi, se plaignant hau-
tement du dommage qu'elles avaient
causé.

Le malheureux propriétaire fut
condamné à payer une amende encore
plus forte qu'avant; mais il n'eut pas
le bonheur de voir ses pantoufles
confisquées. Le cadi, après avoir pro-
noncé la sentence, dit qu'un magistrat consciencieux n'avait pas le droit
de garder la propriété des citoyens;
et, là-dessus, les babouches furent
rendues en grande pompe à leur
maître, devenu presque fou de colère.
Il les emporta chez lui, se creusant
la cervelle pour trouver un moyen de
les détruire, et, à la fin, résolut de
les brûler. Il essaya, mais elles étaient
trop humides. Il les mit sécher sur

sa terrasse. Alors, le chien d'un voisin, voyant là ces objets étranges, sauta d'une terrasse sur l'autre, arriva à celle de l'avare, et se mit à jouer avec les babouches. En s'amusant, il en laissa tomber une pardessus la balustrade, juste sur la tête d'un petit enfant qui jouait dans la rue, et qui fut tué sur-le-champ, grâce au poids énorme de la semelle, toute pleine de clous. Les parents coururent au cadi, et lui dirent qu'ils avaient trouvé leur enfant mort, et près de lui une des babouches d'Abou-Cassem. Celui-ci dut encore payer une grosse amende.

Il alla alors chercher les babouches et les portant au cadi, s'écria: « Voyez, voyez la cause des souffrances d'Abou-Cassem, voyez ces babouches qui ont fini par me ruiner ! Seigneur, ayez pitié de moi, je vous en prie, et ne

me rendez plus responsable des acci-
dents qui peuvent arriver désormais
par leur faute, comme il en arrivera
certainement à celui qui aura le
malheur de les toucher !

Le cadi ne put pas le lui refuser,
mais l'avare avait appris à ses dépens
ce qu'il en coûte de ne pas acheter
des chaussures neuves.

TABLE DES GRAVURES

Poitiers. — Imprimerie Oudin et Cie.